KB016546

그대 고양이는 다정할게요

—고양이와 함께한 시간에 대하여

우리의 작고 다정한 신들에게

———

철수

단이

한지

김마리, 김요다, 김꼬지, 김오리, 김물리, 김소리

졸리

에단, 미니

아메, 베베

아이누

이응, 배호

나무, 코나

설탕우주, 밀루, 소설, 은토, 해빛

백지, 오복

써니, 하니, 복이, 참깨, 로미, 젠틀맨

고라, 뭉이, 반달이, 백석

티거, 조이

랑, 령

가릉써

란아, 명랑이, 보꼬

"나는 빵을 구울 테니 너는 시를 쓰거라."

"뭘 쳐다보고만 있어?
어서 만져줘야지."

"어서 나와!
내 눈에 보이는 곳에 있으라고.
딱히 네가 보고 싶은 건 아니야."

"간식 줄 때 깨워.
지금 딱 좋으니까 움직이지 말고.
네 다리가 제일 푹신해."

"죽었어? 그만 자고 일어나
나랑 놀아주지?"

"이번 상자는 마음에 쏙 드는군.
잘했다, 집사!"

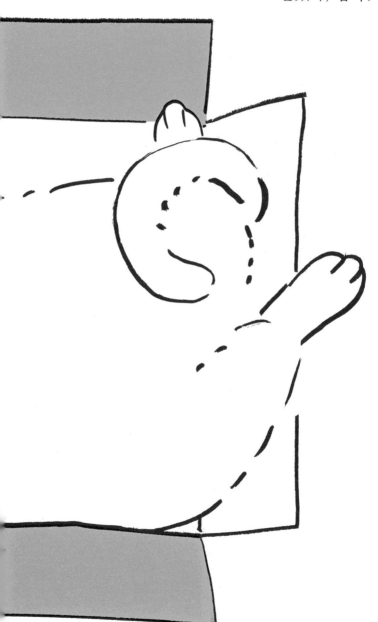

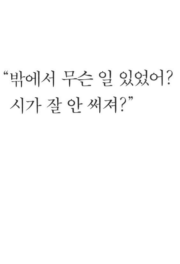

"밖에서 무슨 일 있었어?
 시가 잘 안 써져?"

간신배 관심배 철수(여, 9살)

철수의 별명은 관심배다. 항상 주변의 관심을 받고 싶어 하고, 또 만사에 관심이 많기도 해 붙은 별명이다. 철수의 호기심은 우리의 이해 범주 안에 들기도 하고 넘어서기도 한다.

나는 철수를 사랑하지만, 철수가 남이라는 생각을 지우진 못한다. 인간처럼, 고양이들이 하나의 개체라는 것을 잊지 않으려고 노력한다. 그러나 이 사랑을 어쩔 수 있을까. 나의 의지나 이성을 뛰어넘는 사랑. 가슴을 저미며 안절부절못하는 안타까움. 내가 먼저 죽을지도 모르지만, 그들의 짧은 생을 아쉬워하는 마음. 혹시 내가 먼저 죽을 이후에 대한 멍청한 준비들 말이다.

우린 남이다. 이런 것도 짝사랑의 한 종류라고 나는 생각한다. 이해 범주 안에 들기도 하고 범주를 넘어서기도 한 관심-사랑.

권민경
2011년에 등단했고, 그해 철수를 만났다. 지금은 철수네 집에서, 철수네 언니로, 철수네 아저씨와 함께 산다. 시집 『베개는 얼마나 많은 꿈을 건져냈나요』가 있다.

사단법인 취업 지침

고통, 지금의 날 만든
고통? 싫어하는
말

굴곡 없이 살고 싶었다
하는 일에 막힘없고 콧방울이 복되고 미간이 깨끗
푸르고 어쩌고저쩌고
쳇

시어빠진 김치, 쓰레기봉투를 찢던 짐승, 밤길에 마주친 어린
고양이에게 모두 철순이란 이름을 붙였다

꼬셔지지 않은 삶처럼
엉망진창으로 나돈다
밤에

철순이 셋 철순이 넷 철순이 아홉 또다시 반복

누굴 탓하지 않지만
사랑하지도 않은 채
중간?
피곤해

길, 유목, 메뚜기 떼, 도래지
일산에서 안산으로 안산에서 성남으로
이런저런 곳 옮겨 다닐 뿐
영혼이 쫓아오지 못하는 곳에서 나는

겨울이 지나면 업둥이 대란*이 일어나는 고양이의 세계처럼
스스롤 떼어놓고
긴 사냥 떠나기

사냥에 대해서 묘사하자면 이틀 밤을 새도 모자르지 암 모자르고
말고 하는 – 꼰대의 자세를 버리기 위해 나는 지난 나를 미화하는
작업에 나서지 않고 정신 승리 없이 연 적도 없는 기념관의 문을
폐쇄합니다
영원히 수상자 없음
제1회 권민경 문학상
명예
여자
입천장에 달라붙는 쑥떡이라도 받아먹어야 했다 배곯은 어린 것
꿩이나 멧돼지 같은 친한 사냥감들 떠나고 아 하나의 꿀 직장이
이렇게 문을 닫는구나
땡보 없는 삶
이어지고
철순이 여섯

🐾
번식철, 부모를 잃거나 잃어버리거나 납치당하는 갓 난 고양이로 인한 입양과 보호를 비롯한 모
든 사태를 이르는 고양이(를 사랑하는 인간) 세계의 은어.

정물

각자의 높이를 바라본다
어질러진 찬장, 찬장 사이 장롱
놓여 있는 곳이 다르고 가끔 기지개 켜다 흘러내리는 거지
얼음 틀은 별과 하트 모양
눈이 달려 있다면 파충류
진화가 계속되는 동안
이불을 덮고 얼굴만 내놓는다
보이지 않는 곳이 자란다
자궁 틀에서 자궁
꼬리 틀에서 꼬리
사랑은
말에서 자라지 않아
액체는 노래한다
나는 나를 사랑하려 노력한다 너는 너를 노력한다
이불 밖으로 손을 내밀어
깨고 싶은 컵
깨고 싶은 몸
쪼개 서서히 동그래진다

___ 권민경

___김건영×단이

창가에 오래 앉아 있던 고양이를 껴안으면 그 계절의 냄새가 난다.
털 사이에 그 계절의 햇빛과 온도가 고스란히 스며 있다. 그늘에서
말린 나무껍질 냄새 같다. 봄볕에서는 이런 냄새가 나는구나. 고양이는
다시 창가로 가서 코를 벌름거리며 바깥 공기를 맡는다. 창가 너머에는
산수유나무 새순이 자라고 있다. 나는 창가에서 바깥을 구경하는
고양이를 구경한다. 아무리 봐도 질리지 않는다.

고양이는 어미가 교통사고로 죽어 방치된 채로 생후 2개월 즈음에
발견되었다고 한다. 오래오래 건강히 살자는 뜻으로 박달나무
단(檀) 자를 써서 단이라고 이름을 지었다. 단이가 집에 온 뒤로
가족들의 웃음이 늘었다. 어머니는 "단이는 우리집 막내아들"이라고
선언하셨다.

단이는 간식을 자주 먹어서 뚱뚱해졌지만, 다정한 고양이가 되었다.
다음 생에도 내 고양이가 되어주었으면 좋겠다. 네가 나에게 세상에서
가장 아름다운 창문을 구경시켜준 것을 생각하면서, 더 현명하고
능숙하게 아프지 않게 돌봐주고 싶다. 단이에게 바라는 게 딱 한 가지
있다. 가출을 좀 안 했으면 좋겠다.

김건영
고양이를 바라보며 책을 보는 것을 좋아하는 재택독서가. 집 나가는 첫째 고양이 단이를
기다리며 최근 편의점 앞에서 구조된 까만 고양이 밤이를 입양했다. 2016년 《현대시》로
등단. 시집으로 『파이』가 있다. 2019년 박인환문학상을 수상했다.

Take a look

나 고양이는 집사에게 실망했다
나 고양이는 너보다 어리게 태어나서
영영 너보다 우아하게
영영 늙어갈 것이니
내 눈 속에 달이 차고 기우는데
깜빡이는 눈을 마주치지 않고
뒷동산에는 감자가 가득한데 캐지 않고
내 털이 지폐보다 귀한 줄도 모르고
투정이나 가끔 부리고
길에서 다른 고양이한테 가끔 사료나 챙겨는 주고
고양이가 다른 고양이로 잊히겠니
어느 날 내가 다녀간 후에
아무도 할퀴지 않는 밤이 여러 번 지나더라도
타인을 너무 많이는 미워 말고
장롱 밑에서 내 털을 보고 울지나 말거라

__ 김건영

기쁠 때나 슬플 때나 야옹

앉으나 서나 야옹 해줄 것을
약속한 건 아니지만
아침이나 저녁이나 야옹
매일 사막에 다녀오면서도 의젓하다
계단 위에서 음표가 되는 야옹
그림이면서 음악인 야옹

털을 주고 사랑을 받는다
그게 이상한 건 아니지만
야옹은 긍정도 부정도 아니라서
사랑을 주고 털을 받는다
네가 준 많은 것을 설명할 수 없어서
나도 가끔 마주 야옹 한다

창가에 앉아 두 눈을 비춰주는 움직이는 등대
어두운 거실 앞에서 마중으로
눈으로 불을 켜면서
밤을 조용히 걷고 있는 늙은이, 야옹(夜翁)
소파에서 몸을 말고 온 힘으로 쉼표를 만들어주신다

ㅠㅠ
이것은 네 발로 밤을 긷는 울음 항아리, 야옹(夜瓮)
고양이의 일은 그저 운다는 것
음악이거나 슬픔이거나 야아옹
소리 높여도
무슨 말인지 잘 모르겠어 야옹아
그래도 대답해주면 좋아

___ 김건영

야옹

나 혼자 약속하면서
내 말은 못 알아듣겠지만
나를 이유 없이 안아준 밤의 포옹, 야옹(夜擁)
검은 머리 파뿌리 될 때까지 털 날리며 야옹 해주세요

___김승일×한지

네가 보고 싶어

자다가 눈을 뜨면 세상에서 가장 예쁜 고양이가 옆에서 자고 있다.
행복하다. 벌써 아홉 시간 정도 잤는데. 이 행복을 끝낼 수가 없어서
나는 계속 잔다. 한지가 눈을 뜬다. 김승일이 자고 있다. 한지도
행복할까. 벌써 열두 시간 정도 잤는데. 김승일이 자니까 계속 잔다.
그렇게 우리는 열다섯 시간 정도 잔다. 매일 잠만 잔다. 자고 일어나면
한지가 눈썹을 핥아준다. 더 자면 안 돼. 그러다 죽어. 괜찮아.
너랑 같이 자는 게 죽음이라면 좋겠어. 그러면 그 행복은 끝나지
않겠지. 저녁밥을 줬고, 놀았고, 작업실에 왔다. 아내가 놀아주고
있겠지. 잠도 자겠지. 한지야 보고 싶어. 안녕.

김승일
한지와 누워 있기 위해 태어난 사람. 밥을 줘야 하거나, 놀아줘야 돼서 일어나기도 한다.
일어나면 게임을 하거나 글을 쓴다. 한지가 방해를 한다. 2009년 《현대문학》으로 등단.
시집으로 『에듀케이션』『여기까지 인용하세요』가 있다.

한지는 웃지 않는다

한지는 골골송의 대가 자주 편안해하고 자주 잠에서 깨고 종종 내가
쓰다듬는 것을 좋아한다
오늘 낮엔 아무 데서도 공사를 하지 않아 윗집 사람들도 이미
출근했어

조용

진심으로 안심을 하고 진지하게 기지개를 켜고
신중하게 장난감 방울을 건드리지

누가 아주 진지하거나 하는 짓이 대단할 때 실수를 할 때 애가 지금
왜 이러나 싶을 때
나는 작거나 크게 소리 내어 웃는다 한지는 웃지 않는다

웃지 못하는 것인지 웃지 않는 것인지는 모르겠다
알게 되면 좋겠다 어쨌든 한지는 웃지 않고

모든 일에 진지하고

그래서 그런가 하는 짓이 대단할 때가 많고
뭘 하다가 실패하면 갑자기 현관으로 달려가고

나는 웃고 너는 웃지 않는다 한지가 나를 좋아하고 있는 것이 분명할
때에도 일부러 내게 다가와 내 눈썹을 마구 핥을 때에도 한지야 아파
아야 내가 몸을 비틀며 웃을 때에도
한지는 웃지 않는다 한지는 눈을 감는다

___ 김승일

이제 한지는 잔다 그러면 나도 잔다 우리는 하루 종일 잔다
그리고 일어나서 나는 웃는다 한지는 웃지 않는다

나는 모스크바에서 바뀌었다

나는 무서운 것이 너무 많고
비위도 약하지만

내가 시체 청소부면 좋겠다
초등학교 앞에 시체가 나타나면 아이들이 떼로 몰려서 시체를
둘러싸고 서서 그걸 보고 있다
한마디씩 하는 애들도 있고 아닌 애들도 있지

애들도 시체를 봐야 시체가 어떤 것인지 알겠지만 나는 시체가 너무
불쌍해서 시체를 들고 먼 곳으로 간다
아무도 보고 수군거리거나

침묵하지 않도록

그때 나는 아직 어린아이고 시체는 대부분
축축하고 무겁다

나는 내가 애면 좋겠다
천만 명이면 좋겠다

어린애들이 있는 곳이면 거기 항상 있는
시체가 나타나면 들고 먼 곳으로 가는

모스크바 공항에서 파리행 비행기를 놓치고
공항에 오랫동안 갇혀서
이런 개고생 좀 그만하려고 나이가 든 만큼 현명해지려고 했던 것
같은데

_ 김승일

집에만 있으려고 했던 것 같은데 싫은 사람 나쁜 사람
처음부터 잘 숨아내고 살려고 했던 것 같은데

그렇게 살지 말아야지

전염병도 도는 시기에
누울 곳이 없는 모스크바에서

그렇게 살지 말아야지 내가 초등학생이면 좋겠다
천만 명이면 좋겠다

시체를 둘러싼 아이들 틈바구니를 비집고
들어가서 시체를 들고 먼 곳으로 ﹅

그런 생각만 스무 시간 하고
나는 모스크바 공항에서 바뀌었다

___ 김잔디×김마리×김요다×김꼬지×김오리×김물리×김소리

살아 있는 동안 우리는

고양이에 대해 쓰려고 애쓰는 내내 한심한 놈들이란 생각밖에
떠오르지 않아 힘들었다. 귀엽고 사랑스럽지 않은 것은 아니지만,
고양이를 생각하는 내 마음은 좀 그런 것이다. 거기서 죽지 말고 나랑
살자, 그렇게 죽지 말고 이거 먹어. 그러다가 살아남아 내 곁에 있는
아이들이 여섯, 나보다 나은 주인을 만나 평화를 누리는 아이들이
여섯, 내가 아끼는 담요를 몸에 두르고 장난감과 먹을 것을 껴안고
종량제봉투에 실려 간 아이들이 또 몇. 한심한 놈들 욕심도 없지,
한심한 놈들 잘 자라. 그런 말밖에 해줄 수가 없다. 고양이는 태연하다.
자기 생의 행운과 액운을 모두 꿰고 있는 것 같다.
가장 사랑했으나 입양처에서 파양된 고양이가 한 마리 있다. 이름은
놀이. 즐겁게 살기를 바라는 마음으로 부르던 이름이다. 파양된 후에
어디로 갔는지, 어떻게 지내는지 알 길이 없다. 미안한 고양이가
한둘은 아니지만, 놀이를 생각하면 시간을 돌리고도 싶다. 놀이의
사진을 첨부하려다가 그만두었다. 그 아이의 한 장면이 이미 내가
포기한 것인 데다, 과거의 모습으로 그를 추억하는 일이 나쁘다는
생각이 들었다. 놀이는 살아 있을 것이다.
고민하다 '요다'의 사진을 넣는다. 이 글을 쓰는 내내 내 다리 위에
앉아 잠을 잤다. 살아 있는 동안 우리는 늘 이런 모습일 것이다.

김잔디
프리랜서 편집자. 고양이 김마리, 김요다, 김꼬지, 김오리, 김물리, 김소리, 강아지 김살구와
살아요.

고양이 심정

키를 넘겨 쌓이는 눈을 헤치고 무엇을 찾을 수 있을까
발밑이 푹푹 꺼진다

속도를 줄이지 않고 달려오는 차를 간신히 피하고도
안도하는 마음 같은 건 들지 않는다

삼킬 뻔한 것을 뱉고 뱉을 뻔한 것을 삼켰다
복통으로 몇 날이 간다
기적에 놀라 그런 것인데 원망 같은 건 모르겠다

불이 무서운가?
나는 눈이 무섭다
친구가 갔다
친구가 가고 간신히 얻은 친구가 갔다

우리는 언제나 서로의 앞과 뒤를 지켜왔는데
춥고 모든 게 메마른 날 그렇게 됐다

사료와 물그릇
이것은 풍요도 빈곤도 아니다
밖은 언제나 밝고 어둠은 죽은 고양이의 콧잔등에나 내려앉는다

심정이 가루 되어 날리는지
잡히지를 않는다
이 빛 속에서 슬픔 같은 건 모르겠다

__ 김잔디

고양이 잠

나에게 알약은 늘 신비인데 너는 관심이 없다
구내염으로 고생하는 고양이
이 병은 유전이다 발치를 했고 약을 늘렸다

약을 먹어서 괜찮을 만큼만 아픈 건 재미있는 일이다
기계 같잖아 약을 먹으면 아프지 않잖아
사람이라면 그냥 그렇게 생각했을 것이다

알약 세 조각을 손바닥에 올려 보여주면
잠깐 냄새 맡고는 가버린다
약이 없는 손바닥을 보이면 얼굴을 묻고 눈을 감는다

동그랗고 하얀 발 네 개가 주먹밥처럼 얌전하다
그렇게 앉아 눈만 감으면
잠이 오니?

잠이 와요
잠이 온다
요다*는 포근한 말씨 아니면 로봇처럼 대꾸할 것이다

유난히 납작한 머리통 속에 작고 하얀 두개골

약을 먹어서 아플 수도 있다니 참 이상하다
약을 먹었기 때문에 죽을 수도 있다니 참 이상하다

사람의 상상력이라는 게
몸을 떠나 어디 멀리 날아가지는 못하는 것 같다

죽은 어미를 닮은 요다를 나는 가만두지 못한다
자꾸 깨우고 만지고 싶다

아주 추워서 땅에 삽도 잘 안 박히던 날
어느 비탈길에 묻었는데 이제는 찾을 수도 없구나

그때는 죽음이 낯설었어 미안해
기회가 되면 이 말을 꼭 하고 싶었어

🐾
고양이 여섯 중에 어미를 가장 닮았다.

___ 김하늘×졸리

내가 먹는 나이는 잘 알면서, 네가 먹는 나이는 헤아리지 못했던 나날들.
촉촉한 분홍색 코로 내 손등을 훑던 작고 작던 너는 어느새 신장이
망가지고, 혼자서는 물을 잘 먹지 않는 예민한 고양이가 되었다. 어떻게든
네게 수분을 섭취하게 해야 하는 나는 매일 자정마다 주사기로 물을 강제로
먹이고 있어. 이거라도 하지 않으면 이 이상의 삶을 유지할 수 없다는 것을
너무 잘 아니까. 환상도 기적도 믿지 못하게 되었을 때, 나는 너의 안락사를
권유받았어. 네가 조금 더 편하게 살다 가기를 바라는 수의사의 마음을
아주 모르지는 않았지만. 그 여름에는 너를 그대로 놓을 수 없다는 오기가
생긴 것 같아. 너의 몸짓 하나하나에 나는 슬프게 반응할 수밖에 없었고,
어느덧 새봄을 맞이하고, 나는 기어이 너를 살렸어. 그게 네게 고통스러운
시간이었다면, 온몸으로 사과할게. 해마다 피던 벚꽃을 꼭 네게 보여주고
싶었고, 나의 동태를 살피는 네 반짝이던 눈동자를 보며 매일매일 일기를
썼어. 오늘 하루도 네가 살아줘서 고맙다고. 이렇게 생생하므로 너의
생존을 몇 번이나 확인하고. 내 심장은 더 오래 뜨거울 수 있기를 바란다고,
너의 뺨을 잡고 얼마나 울었을까. 나는 아직도 너의 하루를 모두 짐작하지
못해. 그래도 네가 내뿜는 기운으로 화초처럼 살아갈 수 있음을. 너와 나의
고요에 그 오랜 세월이 함께했다는 것. 너를 비추는 햇빛, 털을 일렁이게
하는 바람, 습도 같은 것들을 오래오래 기억할 거야.

김하늘
고양이 털로 털공을 만드는 것을 좋아한다. 네 마리의 고양이를 키우고 있지만,
첫째 졸리와의 교감이 가장 자유롭다. 그들과 교집되는 시간을 사랑한다. 2012년
《시와반시》로 등단. 시집으로 『샴토마토』가 있다.

NEAR AND DEAR

고독한 것은 고독으로부터 나오는데
너의 꼬리는 부르르 떨리고,
끝까지 가보지 않은 미래에
너의 차가운 사체가 있을 것만 같아,
자꾸만 쉬쉬하는 얘기
초록색 눈동자가 깜빡이면
말하지 않아도 도착하는 너의 숨결
닳아 없어질 때까지,
사랑해
부디 더 많은 사랑을,
그럼 좀 더 흰 마음이 들어찰까

머리를 두는 곳에 네가 있고,
손이 뻗는 곳에 따뜻한 너의 체온이,
너와 나의 관계를 의심하는 모든 미완성의 밤
네 수염이 행운을 가져다줄 거라는
그런 말도 안 되는 상상
몸이 식어도 다시 데워줄 네가 있어서,
조금 슬픈 네 눈빛은 인력 밖의 일
금방이라도 너를 품에 안고 싶은데
별빛이 광광 쏟아지고,
떠나온 너의 별에서
너는 나를 만나 행복했을까
조금은

낮은 생각을 돌아눕게 하는 고양이의 자정
사랑도 정신병이라는데

너로 인해 빈 곳 없는 마음이라면
인생의 완성은 고양이라고
그건 마치 행복한 동행,
잠시 삶을 고를 때마다
내 곁을 지킨 너의 지옥을
내가 대신 걸어줄게
너무 미안해하지 않아도 돼
네가 항상 너인 듯
완전히 잊히지 않을 거니까
그런 기분을 알아

하룻밤은 너와
하룻밤은 나와
가장 은밀한 이야기를 쏟아낼 때
너는 내게 눈키스를 보내고,
새까만 털이 반지르르해지면,
조금쯤 네 앞을 서성이고,
하늘의 강설에 머뭇거리다가
잠든 네 눈을 쓰다듬으며
내가 너의 드림캐처가 되어줄게
네가 걷는 모든 악몽에
내가 이상하지 않게 존재할 거야
그 사랑을 의심하지 않아도 돼

심장이 가벼워진 걸 느껴?
있는 힘껏 행복할 일만 남았어

Pit a pat

빌린 체온을 돌려줄까 봐
고양이는 나를 채우는 가장 아름다운 요소
기록을 이어나가는 날마다
우리의 신뢰가 우선이 되는,
너의 걸음걸음에
나의 안부가 너무 늦게 도착할까 봐
조금 걱정이 됐어
견디는 것은 나 하나로 됐어
나는 다만 너를 위해 기도하는 사람,
나빠지지 않는 미래를 위해
너 혼자 반짝여도 되는 생
던지고 돌려받는 야옹
투명한 코

야옹 야옹 야옹
노래하는 너의 목소리를
내가 금방 눈치챌 수 있다면
이미 두려운 것은 없을 텐데
나는 너의 가장 예쁨을 봤고,
너는 나의 가장 우울을 봤고,
내가 슬퍼하는 밤이면
내 명치까지 손을 뻗어
나의 숨을 고르고,
너의 갸르릉을 들을 수 있는,
꿈꾸는 모든 것이
너로 인해 갱신되는 사랑
그런 다짐

Pit a pat
Pit a pat

나를 향한 네 두근거림을
나의 모든 절기에서 느낄 수 있어
견고한 맹세가 필요해
너에게 닿을 듯 닿지 않은
눈을 감으면 아무것도 아닌 게 되는 생각
금방 울 것 같은 나를 핥는 네 혀
중요하지 않아도 기억되는
너의 애정에 밑줄 긋고
우리의 절정은 이 계절이 좋겠구나

편지 속 문장에는
말하여지지 않은 내 고백들로 가득 차
몇 뼘씩이나 자라나는 언어
필사적으로 사랑했던 나의 시간에
일생이 나였던 너의 시간이
조금씩 가까워지는 걸 느껴
몸도 마음도
함께 네게로 기우는 나날을
애도하지 않을 수 없지
견딜 수 있을 만큼만의 읊조림
때로 따뜻하고,
때로 웅얼거리는,

멀어지는 날이면 어김없이 바람이 불 거야
너의 꼬리를 쓰다듬을 때마다
우리가 함께하는 시간이 짧아지고,
내가 너의 안부를 아무리 물어도,
닿을 수 없는 날도 올 거야
늦봄, 너의 앞니 수를 세어보는
그런 날에는
하루도 두리번거리지 않고
내가 찢을 수 있는 마음만 들기를
별거 아닌 애정이 아니었다고,
너의 건재함을 확인할 수 있도록
당부의 글을 남길 수 있도록
두근거리는 인간을 사랑해줘서 고마워

_ 김하늘

___박시하×에단×미니

알 듯 모를 듯 사랑해

이들은 내가 모시는 두 신이다. (나는 종종 고양이를 신에 가까운, 혹은
그 자체로 신인 동물로 여긴다.) 물론 아주 귀여운 신이지. 느릿느릿
움직이다 갑자기 우다다 뛰어다니며 혼을 빼놓는 작고 강한 신들. 그들을
우리 집에 데려왔더니 자기들 집으로 만들어놓은 덕분에, 나는 집이나
가구 따위를 우상으로 삼지 않을 수 있었다. 벌레 따위를 두려워하지
않을 수 있었다. 고양이 털 알러지를 얻었으나 그와 더불어 슬픔을
이겨내는 법도 함께 얻었다. 게다가 고양이의 유연한 곡선에서 영감을
받아 상대성이론을 좀 이해할 수 있었다. 물론 알 듯 모를 듯하다.
고양이라는 동물이 원래 그렇듯이.

박시하
열두 살을 목전에 둔 고양이 미니와 네 살이 되는 에단, 그리고 개 한 마리에 둘러싸여
2020년대를 보낼 거라는 사실에 늘 안도하며 산다. 동물들에게 '사랑 받으며 사는 법'을
배우는 중이다. 시집 『우리의 대화는 이런 것입니다』 『무언가 주고받은 느낌입니다』 등을
냈다.

콘택트
– 나의 작은 신들

지켜보는 신
잘 때 먹을 때 읽을 때 쓸 때
울고 있을 때

꼬리는
세상의 모든 실문
누구도 대놓고 묻지는 않았던
어떤 근원에 대한

가끔 부끄러워
최선을 다해 기지개를 켜고
최선을 다해 그루밍하고
최선을 다해 있어주는 그들에게

최선을 다해 게으르지 못한 인간은

미니, 에단, 레일라, 나무, 코나, 온유, 로라, 푸코, 아리, 단심…
집에도 길에도 사는 신
여러 이름을 가진 신
이름이 없는 신들

단 하루도 떠난 적 없는 우주
짐작할 수 없고
짐작해서도 안 되는

털 날려줘서

의자를 차지해줘서
흰 소파를 기꺼이 뜯어줘서 고맙습니다

콧김은 부드럽게
배에 얼굴을 묻고
젤리는 폭신하게
꼬르륵 꾸르륵 심장 소리

꼬랑내 나는 신
바퀴벌레 먹고
머리만 남겨두는 신
그래도 고맙습니다
가늘게 뜬 눈
이야오옹 하루하루

함께 겨울을
봄과 여름, 가을을 살아줘서 고맙습니다

눈이 내리면
창밖을 내다보며 삶이
참 가볍구나
시간이 이렇게 가뿐하구나 말하는 신

비 내리는 밤
번개가 칠 때 보이는
우리의 실루엣

인간과 신의 그림자

기나긴 기회와 짧은 형벌을 누려요
상처받지 말아요
가뿐하게 한 세월 살아요

눈 동그랗게 뜨고
언젠가 또 다른 얼굴로 만나는 신

나는 너로, 너는 나로
언젠가 본 듯한 눈빛으로.

___ 박시하

너의 집에 산다

당신을 만났을 때 세상은 흐렸고 나는 울음소리를 품고 있었어
마음에 누가 앉아 매일 흐느꼈어

모 래 밭 거   실

잡풀 소파

어둑한 세상을 헤매다 울음소리를 들었어 어리고 작은 고양이를
보자 바로 알아들었어 버려진 마음이 보내는 약한 구조 신호

덤
  불
    벽
      지

          커튼
        넝쿨
          스 르 르

당신을 안고 돌아온 날로부터 시간이 흘렀어 나의 십 년 당신의 평생

아가씨

노란 눈망울과 우아한 꼬리의 곡선이 나를 향했다는 걸 안 순간

왜일까?

한 존재가 날 보네 저렇게 완벽한 하나의 생명이 냉장고 나무
위에서 물끄러미

왜일까?

울음소리는 그때 멈추었던 것 같은데 당신은 이제 늙고 작은
고양이 얇은 줄무늬에 새겨진

당신의 십 년
나의 평생

마 나 님
마 드 모 아 젤

당신을 데려와 내 집에 살게 했지

나는 지금 당신의 집에
산다

___배수연×아메×베베

어쩐지 고양이는 죽음과 그다지 어울리지 않습니다.

단절로서의 죽음이요.

방 안의 고양이, 골목과 공원의 고양이에겐

낡은 이불이나 반투명 커튼, 벌레 먹은 가장 맛있는 낙엽처럼

친근한 죽음이 함께 있습니다.

아주 활기차고 투명한 생과 함께요.

아메는 다른 고양이보다 심장이 1.5배로 크고

심벽에는 동전만 한 구멍이 있습니다.

아메의 조심스러운 주치의에 의하면 아메는 자기 심장을 리모델링하며

살아왔다고 해요.

나는 지난봄 새벽녘에 아메의 추도문 첫 줄을 썼습니다.

그리고 그것을 소중히 간직하고 있습니다.

아메는 아주 잘 지내고 있어요.

배수연
하얀 고양이 아메, 삼색 고양이 베베의 언니. 시집『조이와의 키스』『가장 나다운 거짓말』이
있다.

누

지금 내가 생각하는 구절은 그때 누가 읽었던 구절이 아니에요
누가 누워 있는데도 나는 누가 서 있다고 생각합니다
수직으로도 수평으로도 가로지르는
누가 처음 배운 영원을 생각하는 방법이겠죠
마치 영법과도 같아서
바다에 들어갈 땐
해변의 접여진 널빤지늘을 붙잡지 말 것 그건
모래가 든 서류 봉투일지도 모르므로

널빤지엔 소금으로 된 문자가 빗살처럼 새겨져 있겠지만
괜찮아요
바다는 이미 모든 구절이므로

당신이 그 구절을 발견하길 바라

우리는 속삭입니다 그의 귀를 레버처럼 돌려줍니다
힘껏 앞으로 밀어주며
누, 죽은 듯 웃어볼래

지금 내가 보는 장면은 누가 본 장면은 아니에요
모래 위를 걸을 땐
부디 천천-히
빨리 걷는 것만으로도 앞서가는 이를 겁에 질리게 할 수 있으므로
수직으로도 수평으로도 가로지르며
느리게 노래하는
그건 우리가 영원을 관찰하는 방법이겠죠

＿ 배수연

『여기서 끝나야 시작되는 여행인지 몰라』, 알마, 2020.

아메

나에겐 동그란 안경의 주치의가 있네
그의 목소리가 작은 것을 두고두고 기뻐하는
내 언니가 있네 오빠가 있네
머릿속이
마음속이 있고
머무는 것과
기다리는 것이 있네
엑스레이 사진 속엔
나의 부푼 심장
나는 나이가 있고
나이가 없네
나에겐 미리 써진 추도문이 있네
잠을 잘 수 있는 시인의 책상과
사라진 4개의 이빨
내 엉덩이를 베고 잠든 먹보 동생이 있네
나는 가진 것이 없고 있는 것이 있지
여기 내 몸과 계절
내가 크게 하품한 뒤 딸꾹질이라도 한다면 두고두고 즐거워할
내 언니가 있네 오빠가 있네

__ 배수연

_____ 백은선×아이누

함께 한 시간은 단지 오 년이었다. 그 시간 속에서 나는 빛도 보았고 욕망도 보았다. 다시 만날 수 없다는 생각을 하면 가슴이 미어진다. 미어진다는 말의 뜻을 이제야 다 알겠다.

무지개다리를 먼저 건넌 반려동물은 주인을 마중 나온다고 하던데, 사후세계를 믿지 않는 나는 그런 기대조차 할 수가 없구나. 더 잘해줬어야 했는데 함께할 때는 우리에게 남은 시간이 한없이 긴 줄 알았다.

우울할 때는 며칠씩 잠만 자던 내 못난 습관을 없애줘서 고마워. 외로울 때 따뜻함이 무엇인지 가르쳐줘서 고마워. 다리에 쥐가 나도록 나를 아껴줘서. 아침마다 깨워줘서. 혼잣말에 대답해줘서.

나를 잊고 깨끗해지기를 바라.

백은선
가끔 외투에 붙은 고양이 털을 보면 언제쯤 흔적이 다 사라질까 생각할 때가 있다. 그렇다면 서운할 거라고 예감하지만 아무 마음 없이 옷을 걸치고 거리로 나갈지도 모른다. 기억하는 일은 너무 슬프니까. 2012년 《문학과사회》로 등단. 시집으로 『가능세계』 『아무도 기억하지 못하는 장면들로 만들어진 필름』이 있다.

아이누

포화 속에서 길을 잃으며 알아들을 수 없는 소리로 노래를 불렀다.
숲은 끝없이 이어져 있고 길을 잃기 좋지. 매일의 기도를 모아
매장하러 가는 날, 천사에 대해 생각했단다. 알고 있니. 어째서 뾰족한
것이 둥글어지고 갈증이 웅덩이를 불러오는지. 하나뿐인 것은 어째서
한없이 가엾은지. 가끔은 못된 사람이 되어 일생을 살고 싶었어.
모든 것이 쉬워질 것 같아서. 더 이상 잃어버릴 것도 묻을 것두 없는
날이 계속된다면 초는 녹아내려도 좋았단다. 창문이 활짝 열리고
나는 끝없이 계단을 오르내렸지. 그 노래가 마지막인 줄 알았더라면,
우리는 다른 색에 몰두할 수 있었을까.

염원한다는 말을 아니.

그림자가 길어지면 손끝이 차가워지면

두 눈을 지우고 밤을 본다. 찾아내고 싶어. 손톱 아래가 까맣게
물들 때까지 파헤쳤지. 밤은 괜찮다. 잃어버리려고 작정하고 거울을
숨겼으니까. 세상에서 가장 긴 이름을 반복해서 부르는 노래니까.
사라진 자리에 들어선 것은 거꾸로 맺힌 눈들이었단다. 아름다웠지.
그렇게 아름다운 것은 처음이었다고.

이렇게밖에 말할 수 없다는 걸 알고 있니.

__ 백은선

날개가 길어지면 찾아갈게

괜찮니. 아직 나는 잘 모르겠어. 내가 네게 무언가를 말해도 되는지.
돌을 손에 꼭 쥐어보며 차가움 속 꽃잎을 하나둘 건져 올려본다. 하루도
나를 그냥 재운 적 없는 네 혀와 발. 무한하게 길어지는 마음. 끝없이
돌고 있는 바람 속 네가 눈 뜨면 그 안은 빛으로 가득한 어둠이 있다고.

미안해. 더 이상은 해줄 수 있는 게 없구나. 빛은 파랗고 숲은
멀어서 꺼내줄 것이 없구나. 손을 들어 만질 것이 없어서. 눈 내리는
밤을 헤매며…… 얼음을 핥으며…… 허공을 찢으며…….

들었어. 엄마가 얘기해주었어. 나는 바다도 사막도 보여준 적
없는데. 계속되는 것이 세상에 남아 있다는 게 믿기지 않았다. 새로운
계절이 온다면 그건 꼬리의 일이고 귀의 일일 거야. 멀리 숲. 겨냥할
수 없는 것들의 과녁이 밤마다 열리는 숲.

언젠가 날개가 길어지면.
함께 보러 가자.

__ 백은선

이만큼 잘라도 괜찮아? 나는 발톱을 톡 자른다. 아프지 않아? 이응과
배호는 조용히 견딘다. 그럴 때 이응은 순한 체념의 눈빛으로 나를
본다. 자신을 해치지 않을 거라는 신뢰의 눈빛. 배호는 다르다. 인왕산
자락에서 살던 배호는 겁이 많다. 인터폰이 울리기라도 하면 소파
아래로 후다닥 숨기 바쁘다. 두 형제는 가끔 새벽에 운다. 그 소리가
구슬프게 들릴 때가 있다. 그럴 때면 고양이들이 앞발에 꼬리를 올리고
앉아 있듯 나도 두 발을 팔로 감싸고 앉아 고양이들이 울음을 그치기를
기다린다.

그 시간을 박지원식으로 "고양이들의 호곡장(好哭場)"이라고 이름
붙여주었다. 한바탕 호곡장이 끝나면 이응은 제자리를 찾은 듯 침대
위로 올라온다. 배호는 장롱으로 들어간다. 고양이들에게도 고양이의
언어로 울 시간은 필요하겠지.

그들은 닳지 않는 귀여움을 가졌기 때문에 신비롭다. 그렇다. 나는
다른 종(種)에게 완벽하게 반했다. 동그란 정수리도, 이마에 새겨진
M자 무늬도, 어두우면 녹색, 환하면 연한 호박색으로 바뀌는 눈빛도
남김없이 사랑한다. 나는 사랑한다고 말하면서 고양이들을 두 팔로
가둔다. 꼭 껴안는다.

신미나 (싱고)
앞으로 봐도 둥글고 뒤로 봐도 둥근 이응옹과 배 나온 호랑이 배호의 집사. 고양이와
방탕하게 누워 있는 걸 좋아한다. 2007년 경향신문 신춘문예로 등단했고 시집
『싱고, 라고 불렸다』 만화 『시(詩)누이』 『안녕, 해태』를 쓰고 그렸다.

묘책(猫册)

어느 날 나는
고양이에게 시를 읽어주었지
한 입으로 두 가지 목소리를 내는 복화술사의 시를

고양이는 오른발 위에 왼발을 포개고
갸우뚱 나를 보았네

나는 또 읽어주었지
허공에 못을 박으려고
매일 해머를 내리치는 시인의 시를

고양이는 등을 길게 늘이더니
뒷다리로 탓, 탓 귀를 털었네

나는 다시 고양이에게 시집을 보여주었네
진심을 증명하느라
밤톨만큼 작아진 고통을 깎고 깎는 시를

고양이는 앞발로 구슬을 굴려
구석에 처박아버렸네

그렇다면 할 수 없지
이번엔 수증기와 같은 시를 읽어주지
맛도, 의미도 없는 증발의 시를

a와 A, 매우 옥수수, 레몬은 불구하고 탄다, 초와 바퀴
몹시의 과거와 순진한 새와 박히는, 식는다

죄가 없어요 플라스틱, 땀과 파이프는 흙과 마세요

고양이는 시옷으로 다문 입을
삼각형으로 벌리며 크게 하품했네

그럼 이 시는 어때?
뒤집힌 무당벌레의 발을 보고
자연의 평등과 지혜를 노래하는 시는?
고양이는 신경질적으로
소파를 우둑, 우드득 뜯어버렸네

나의 고양이야, 잘 들어 봐!
기교 없이 담백한 시
갸륵한 순수의 시, 깨끗한…

고양이는 내 말이 끝나기도 전에
자리를 떴네

고양이가 시큰둥할수록
나는 시를 읽어주고 싶네
이미 찬양할 준비가 된
광신도처럼

생선 가시 같은
수염을 모으며
기뻐하네

궁남지(宮南池)

무지개다리 건너
우리가 다시 만난다면

연잎 위에 물방울
이응, 이응
모여드는 곳에서

너는 나의 발가락을 물고
나는 너의 꼬리를 감아
빙글빙글 돌면

물방울 속에서
하나로 섞인다
너와 나
둥근
몸

_ 신미나

___유진목×나무×코나

사랑하는 사람도 사랑하는 고양이도 언젠가는 이 세상에서 사라질 것이다. 내가 제일 먼저였으면 좋겠다가 내가 제일 나중이었으면 하고 수시로 마음이 바뀐다. 지금은 우리가 세상에서 동시에 사라질 확률, 아니 그보다 방법에 대해 생각하고 있다. 어떻게 하면 그럴 수 있습니까? 몇 번인가 신이라고 생각되는 것에게 물었다. 그때마다 나는 참지 못하고 잠이 들었다.

유진목
1981년 서울 동대문에서 태어났다. 2010년에 태어난 나무와 6년간의 서울살이를 정리하고 제주에 가 2년을 살다가 2018년에 부산으로 왔다. 코나는 2019년 부산에서 태어났다. 지금은 사람 둘 고양이 둘이 한집에 살고 있다.

옥사나

1.

여인1은 옥사나와 함께 살고 있다.

10년 전에 옥사나는 여인1의 결정으로 자궁을 들어냈다. 잠에서
깨어나 집에 돌아왔을 때 옥사나는 전처럼 여인1을 사랑할 수 있을지
근심했다.

옥사나는 여인1로 인해 자신이 죽을 수도 있다고 생각했었다.
여러 개의 밥그릇이 집 안 곳곳에 놓였을 때, 여인1이 방문을 닫고
들어가 며칠 밤낮을 나오지 않았을 때, 여인1이 술을 마시고 창가에서
잠들었을 때, 화장실에 엎드려 울다가 한참을 토했을 때, 옥사나는
조용히 방으로 들어가 여인1의 베개에 배 속에 든 것을 게워냈다.

2.

여인2는 한번씩 여인1의 집에 들러 옥사나의 밥그릇에 밥을 채우고
냉장고의 음식을 꺼내 한곳에 모았다. 여인2가 집에 오는 날에는
여인1이 오지 않는다는 것을 옥사나는 알고 있었다.

여인2는 여인1이 그랬던 것처럼 무릎을 꿇고 앉아 옥사나의
대소변을 치우고 있다. 그럴 때 창문이 열리면 온갖 냄새가 바람에
뒤섞여 집 안으로 들어온다.

옥사나는 창문으로 가서 바깥을 바라보았다. 창틀에는 여인1의
재떨이가 놓여 있다.

한번은 옥사나가 그것을 엎어 깨뜨렸을 때 여인1은 바닥에 엎드려
말이 없는 소리를 내었다. 옛날 어미가 울던 소리와 같아서 옥사나는

가까이 다가갔었다.

그때 여인1은 인간의 말로 소리쳤다.

옥사나는 두 울음의 다름을 여전히 이해하지 못한다.

이삼일은 아마 못 올 거야. 밥은 대신 많이 두고 갈게. 답답하겠지만 창문은 닫고 갈 거야. 어떻게 될지 모르니까. 미안해.

여인2가 말했다.

여인1은 다음 날도 그다음 날도 오지 않았다.
여인2는 사흘째 되는 날 옥사나를 보러 왔다.

창문이 열리면 옥사나는 어김없이 그리로 간다.
창틀에는 여인1이 피우던 담배들이 놓여 있다.

그사이 밥은 조금 줄었고
물그릇에 물은 충분히 남아 있었다.

한때 옥사나는 여인1로 인해 자신이 죽는 것을 근심했지만
그럴 일은 없다고 안 지 오래되었다.

3.
옥사나는 여인2와 함께 살고 있다.

여인2는 옥사나의 머리를 쓰다듬으며 가끔씩 먼 곳을 바라본다.

옥사나는 여인1인 것 같기도 하고 아닌 것 같기도 한 사람이
창밖을 지나가는 것을 보고 있다.

__ 유진목

동묘

죽을 때는 생각하지 않았지
살았을 때는 생각하면서

우리는 안고
서로를 핥고

내가 밥을 먹으면
너도 밥을 먹었지

내가 똥을 누면
너도 똥을 누었지

내가 문을 닫고 누우면
너는 문밖에서 울었지

나는 열지 않았지

—유진목

_____이민하✕설탕우주✕밀루✕소설✕은토✕해빛

그분이 오신다

그분이 나를 흔들어 깨우신다. 백지장 같은 하루를 들이미신다. 인생
최고로 아픈 이런 날에도 암요암요, 나는 감사히 일어나 정신을 차린다.
그때도 그랬었다. 2009년 이맘때 나의 첫 번째 그분 **설탕우주**가 창
너머에서 봄볕을 끌고 오셨다. 다리를 절룩이며 곧 죽을 듯이 오셨지만
이내 기품과 위엄과 영험을 갖추셨다. 가위눌림이 심해 수십 년을 불
켜고 자던 내게 불 끄고 잘 수 있는 기적을 행하셨다. 자낙스를 끊게
하시고 비염으로 막혔던 콧구멍 두 개도 예쁘게 뚫어주셨다. 그분이
오신 후 그분2, 그분3, 그분4, 그분5가 오셨다.
2012년 **밀루**는 장맛비를 뚫고 울면서 오셨다. 그해 푹푹 쌓이던 첫눈을
헤치며 **소설**이 오셨다. 2015년 추석날엔 달나라에서 **은토**가 오셨다. 길
위에는 그분이 많지만 이제 더는 못 모실 것 같던 내게 2019년 여름날
폭우 속에서 **해빛**이 오셨다. 그분들이 내 팔을 하나씩 안으시고 내 턱과
머리카락을 쪽쪽 빨고 계신다. 그러지 마. 꺄르르. 간드러지는 내가,
자지러지는 내가, 시름시름 앓다가도 헤벌쭉해지는 내가… 이토록
가벼운 내가 감히 그분들을 살린 줄 알았는데 그분들이 나를 하루씩
살려주신다. 견고하고 향긋한 사랑의 똥도 무심히 툭툭 흘려주신다.
행복이라는 노동을 밤낮으로 가르치신다.

이민하
시집 『환상수족』 『음악처럼 스캔들처럼』 『모조 숲』 『세상의 모든 비밀』을 가진 시인.
어두워지면 길고양이들에게 빚 갚으러 나가는 사람. 동거 중인 다섯 고양이에겐 무한한
총애를 받고 있는 집사. '고양이 산문집' 묶어서 보답할 계획을 게으르게 꿈꾸는 중.
내가 만난 '지상의 천사들'을 기록하고 기억할 것이다.

신비주의

아무도 모르게 우린 첫눈에 빠져들었어요
길 위의 모든 밤이 썰물처럼 빠져나갔어요

나무에 걸린 햇빛을 따다가 내 눈에 씌워주어서
우리는 반짝반짝 밤과 낮의 절취선을 모르게 되고

신비의 탄생이란 이런 것

나를 끌고 다니며 낯선 이웃을 소개했어요
안녕하세요? 잘 부탁드립니다
물렁한 새가슴에 용기를 찔러 넣으며

무서운 이웃이 불을 끄는 때를 기다리게 하고
다정한 이웃을 만나면 밤새 야옹거리면서

가시 담장의 둘레와 진흙탕 바닥의 깊이에 대해
넘을 수 없는 세계와 넘을 수밖에 없는 세계에 대해

줄을 그으며 우린 달렸어요
운동회 날 만국기처럼 온갖 마음이 펄럭거리도록

신비의 세계란 이런 것

골목에 전쟁이 나면
내 뒷덜미를 물고서 따뜻한 숲속으로 날랐어요
우리 여기서 살까?
그러면 나를 잠들기 전에 지하 서식지로 돌려보내고

__ 이민하

흰 고양이 검은 고양이 낳아서 내 품에 안겨주었죠
고무풍선처럼 집 안 가득 입김을 불어넣고

신비는 나보다 먼저 골목을 떠났어요
길 위의 모든 밤이 밀물처럼 밀려오는 밤

그러나 고독한 순간에도 나뭇가지는 흔들리고
멀리서 아주 멀리서
계절 속으로 슬픔을 한 잎씩 떨어뜨리듯

신비의 영혼이란 이런 것

돌아갈 수 없는 옛 골목은 빈 상자가 되어 비를 맞지만
우리는 영원히 안과 밖의 절취선을 모르게 되고
헤어진 후에는 사라질 줄 모르게 되고

밀루야, 부르면 신비의 흰 그림자가 달려옵니다
소설아, 부르면 신비의 검은 꼬리가 나를 파고듭니다

내 안의 골목 어디쯤
아무도 모르게 숨어서 사는 걸까

신비야, 부르면 내 마음이 대답합니다
누군가 삼키다 버린 눈물의 뼈를 묵묵히 핥으면서
길 위의 모든 신비가 그랬듯이

🐾
신비는 내가 가장 사랑하는 길고양이. 밀루와 소설은 신비의 아이들.

시간 속의 산책

어둠 속에서 그녀가 나를 깨웠다. 다리를 다친 노랑이가 사라졌다며 전화기 속에서 떨고 있었다. 라라는 꼭 돌아올 거라고 그녀에게 말해주었다. 부러진 다리를 끌고서라도 가장 따뜻했던 자리로 돌아올 거야.

아무도 없는 겨울 새벽길을 나가보았다. 그녀의 집 앞을 지나는데 라라가 정말 와 있었다. 상자 안에 방석을 한 장 깔아주었다. 뒤척거리고 있을 그녀에게는 문자로 알렸다. 어쩌면 이제 막 잠들었을지 모른다.

집으로 돌아오는데 새끼 고양이 한 마리가 쓰레기봉투를 뒤지고 있다. 우린 세 번째 만남이지만 먹이를 꺼내는 사이 아이는 달아났다. 내가 사라져야 배를 채울 것이다. 모퉁이에 숨어 기다렸지만 돌아오지 않았다. 텅 빈 젖이 달처럼 차올랐다. 젖꼭지에서 달빛이 뚝뚝 흘렀다.

젖은 몸을 끌고서 라라에게로 다시 갔다. 비어 있는 상자 안에 죽은 애인이 돌아와 있다. 여기저기 해진 몸에서 바람이 불었다. 큰 소리로 울지 않아도 상처는 눈에 띄는데 울긴 왜 우니. 방석 위에 음악을 한 장 깔아주었다. 다시는 떠돌지 않게 얼어붙은 밥을 갈아주면서 그녀를 기다렸다.

이제야 잠에서 깼다고 응답이 왔다. 밤바다를 보러 왔다며 너무 멀리 있다고도 했다. 내 손엔 전화기가 없는데 귓가엔 그녀의 숨소리까지 들렸다. 천천히 잠이 왔다.

그녀와 나는 마주친 적이 없다. 내가 잠들어야 그녀가 돌아올 것이다. 돌아와 나의 옷을 입고 나의 일기를 쓸 것이다. 라라는 어디 갔을까. 조금씩 굳어지는 다리를 끌고 따뜻한 상자 안으로 들어갔다. 여긴 어느 날의 꿈속일까.

__ 이민하

___이현호×백지×오복

오래 방 안에 있다 보면 문득문득 현실감을 상실하는 순간이 있다.
시간이 어떻게 가고 있는지, 내가 있는 곳이 어제인지 오늘인지
내일인지 잘 분별이 되지 않는다. 나라는 인간이 실재하고 있는지,
여기가 꿈인지 생시인지 헷갈리고는 한다. 그럴 때마다 내게 현실을
돌려주는 것은 고양이들이다. 그들의 똥오줌 냄새와 울음소리가 반쯤
허공에 떠 있는 정신을 도로 방바닥에 붙여 세운다. 방 어디든 내키는
대로 누워 고르릉고르릉 하는 고양이들을 보면서 내가 살아 있음을
깨닫는다. 숨을 쉬며 살짝살짝 오르내리는 그들의 배에 가만가만히 손을
얹고 있으면, 이유 없이 '아직은 아니다.'라는 생각이 든다.
우리집 고양이 오복이는 항상 내 팔베개를 하고 잔다. 우리집 고양이
백지는 늘 내 발치에 몸을 말고 엎드려 잔다. 우리집 고양이 백지와
오복이는 언제나 아침이면 응애응애 배가 고프다고 운다. 그렇게
고양이들이 기워준 하루하루를 입고 나는 오늘의 방에 있다.

이현호
다섯 살배기 오복, 여섯 살배기 백지와 함께 산다. 시집 『라이터 좀 빌립시다』 『아름다웠던
사람의 이름은 혼자』가 있다.

고양이 세수를 배우는 저녁

고양이를 때릴 뻔했다
때리지는 않았지만 때린 것보다도 더
내가 고양이를 때릴 수 있었다는 사실이
나를 때렸다

특별한 일이 있었던 것은 아니었다
여느 날과 다름없는 여덟 시간의 노동
먹는 것도 일이라서 흘려버린 점심
밥을 먹자 밥을 먹자 곱씹던 퇴근길

문을 열자 내게 안기는 고양이들의
똥오줌 냄새, 쌓여 있는 설거지
선반에서 바닥으로 추락한 화분
밥을 달라 밥을 달라는 고양이들의 칭얼거림

똥오줌을 치우고 창문을 열고
흙바닥이 된 방바닥을 쓸고 닦고
그러는 동안 고양이는 헤어볼을 토했고
책상 아래서 씹다 뱉은 이파리를 발견했고

어서 밥을 먹자 밥을 먹자 설거지를 하는 내내
밥을 달라 밥을 달라 낑낑거리는 울음
때릴 수는 없었지만 때리고 싶다는 생각이
나를 때리고 때렸다

까득까득 사료를 씹고 있는 고양이들을 보며
울음, 그것이 아니고서는

__ 이현호

우리는 서로에게 아무것도 전할 수가 없구나
까득까득 눈 속에서 까득까득 부서지는

고양이와 나의 밥그릇을 다시 설거지하고
어제와 다를 것 없이 씻고 자려고
비누를 잡는데, 쓱
고양이처럼 손안에서 미끄러진다

다시 집은 비누가 스윽 손아귀를 달아난다
고작 비누 하나가 손에서 빠져나갔을 뿐인데
나는 울어버려야만 할 것 같았다
비누를 부르기 위해서

화장실 밖에 앞발을 모으고 앉아 있는 고양이들
엉거주춤한 나를 보는 선한 눈동자들
까득까득 까득까득 까득까득
고양이 세수를 하고 우리는 잔다

계시

고양이의 몸놀림은 꼭 붓놀림 같다
살그머니 움직일 때는 신중한 운필
우다다 뛸 적에는 일필휘지
보이지 않는 손이 고양이를 붓털 삼아
방에 무엇인가 적고 있는 것만 같다

허공에 손가락으로 써보는 글씨처럼
파도가 돌아오는 모래사장에 찍는 발자국처럼

방 한곳에 웅크린 고양이는 마침표 같다
그림의 맨 나중에 그려 넣은 눈동자 같다
정성스레 털을 고르는 고양이는
붓을 씻고 있는 것만 같다
붓을 씻은 물통에 먹물이 번져가듯이

적막에 물들어가는 방에는
발목에 몸을 부비는 말씀이 있다

이 방에 인간적인 것이라고는
고양이밖에 없어
내가 야옹야옹 울어야 할 것만 같다
밥을 보채는 고양이같이 울면서
이제는 깨우쳐야만 할 것 같다

한 컵의 쌀을 씻어야 될 것만 같다

__ 이현호

개들이 경복궁 근처 주택가에 이십여 년 동안 출몰하고 있다. 개 떼는
서울지방경찰청과 정부종합청사를 지나 세종로까지 가서 어슬렁거린다.
버려진 개가 처음 눈에 띈 것은, 경희궁의아침과 파크팰리스라는
아파트를 짓기 위해 인근 내수동에서 살던 사람들이 떠날 때였다.
연이어 그 건물들에 바짝 붙어 스페이스본(안졸리나 졸리의 아들이
살고 있다지?)이라는 아파트가 생겼고, 언덕 너머엔 경희궁자이를
비롯한 대단위 아파트 단지가 줄줄이 들어섰다. 유기견은 점점
늘어났고, 이젠 들개라 불리면서 날마다 주택가 골목을 뒤지고 다니며
길고양이 사냥을 한다. 임꺽정이 활동하던 시대의 산적 이야기를 하는
것만 같다.

조은
저희들끼리 똘똘 뭉친 여섯 고양이와 살고 있다. 오랫동안 온몸에 붕대를 감고 살았기에
구조한 나를 원수로 알거나, 비슷한 사정이 있는 녀석들이다. 시집으로 『땅은 주검을
호락호락 받아주지 않는다』『무덤을 맴도는 이유』『따뜻한 흙』『생의 빗살』『옆 발자국』이
있다.

아직도

천막 덮은 기와지붕 아래서
이십 년을 살았다

어느 새벽 흠뻑 젖어 깼을 때
인생 끝난 줄 알았다
이불 밖으로 간신히 팔을 뻗어
늪 가장자리 싶었다

마음먹고 이사 온 이층집
창가를 떠나지 않는 고양이들
햇빛 목도리 감고 뒹굴다 잠들었다
녀석들이 내는 조약돌 굴리는 시냇물 소리
잦아들기도 전

뚫렸다 또
빗물이
뚝뚝 떨어지는 전등
줄줄 새는 천장
흥건한 바닥
집의 맨살이 들춰졌다

우리는 자꾸 미끄러졌다
살금살금 걷던 고양이들
장롱에 올라가 내려오지 않고
진자리 맴도는 나
어디로 가야 했을까

솟구치는 검은 물길 위
지붕엔 아직도
천막이 걷히지 않았다

젠틀맨을 들이다

젠틀맨은 거리의 남자
그중 상남자
큰 부상을 당해도
제 여자들과 아이들
먼저 먹이고 핥아주던 남자

센틀맨이란 이름
약이라도 지으려 할 때 생겼지
즉사가 때론 좋은 거라고
중얼댈 때 생겼지

사람이 버리고 간 개들이
혈전처럼 몰려다니는
재개발 2구역
젠틀맨의 조상은 원주민
그들은 여기서 태어나
살았지

거리의 자유
거리의 쾌락
거리의 비애

똑같은 위험 도사린 곳으로
돌려보내야 하나 말아야 하나 고민하는데
젠틀맨
밤새도록 운다

꼬리가 멋진 그의 여자
코에 애교점 있는 여자
다리가 짧아서 귀여운 여자도 있지
실꾸리 같은 새끼들도 있지

개 떼에게 꼬리가 다 뜯어 먹힌
젠틀맨이 운다
그 울음이 나를 들쑤신다

___ 지현아×고라×뭉이×반달이×백석

고릉고릉

나는 가장 좋은 게 무엇인지 대답하지 못하는 사람이었고, 고라는
겁이 많은 고양이였다. 고라가 나에게 왔다. 작은 기적에도 숨어버리는
고양이가 나에게만 순순하다. 이 기분을 설명하기는 어렵다. 단지
고라가 나에게 주는 기분, 그뿐이다.

고라가 믿는 유일한 존재가 되고부터 나는, 세상에서 가장 좋은, 이란
말을 쓸 줄 알게 되었다. 그리고 겁이 많아졌다. 고라가 아픈 걸 내가
모를까 봐 무섭고, 고라가 나 없이 남겨지게 될까 봐, 두렵다.

나에게 각각의 기분을 주는 고양이들이 더 있다. 꼬리가 하트 모양인
고양이, 앞머리를 삐뚤게 자른 고양이, 말이 너무 많은 고양이,
친구들의 고양이, 길에 사는 고양이, 모두가 각각의 유일한 기분을
준다. 그들에게 충분히 마음 쓰지 못할까 봐 늘 겁이 난다.

나는 겁이 많은 사람이고, 고양이는 세상에서 가장.

지현아
2014년에 고라를 만났고, 2016년에 뭉이와 반달이를, 2017년에 백석을 구조했다.
네 고양이와 두 공간에서 지내고 있다. 책과 술을 팔아서 아이들의 사료와 모래를 산다.
시는 2011년부터 발표했다.

넌 어디에 있니

여름에
신발은 문밖에 두고서
들어온 고양이가 있었다
나는 왜
자꾸만 이곳으로 올까요
되려 물으며 밥을 먹고
맞춘 눈을 아래에서부터 부풀려
감았다 뜨는
턱시도를 입은 고양이가
종이피아노를 연주한다고 했던가
골판지를 내어주자 열중하던
네가 잠이 들었을 때
작은 몸에서 들리던 소리와 진동이
종이피아노와 닮았더라는 기억
흰 배 위 검은 얼룩에 손을 얹고
너는 이제 고양이피아노
나비야 나비야
이리 날아오너라
고양이가 오지 않던 날이면
배앓이를 했다
창을 등지고 누워
빗소리도 종이피아노를 닮았다는 생각
노랑나비 흰나비
춤을 추며 오너라
창밖이 잘 보이지 않는 날에 내 마음은 더 잘 보였고
네가 오지 않는 날이 늘어나며
계절이 바뀌었다

지난여름 너를 몰랐는데 다음
여름의 우리를 당연하게 여기는 건
도둑고양이의 마음일까 내가
길고양이가 지나간 길이었대도
할 수 없지
우리는 여름을 살았고 우리의 여름은 지났고
길 위에서
고등어나 치즈 같은
야옹 혹은 안녕처럼
이름이 아닌 이름들을 부르는 동안
네가 오지 않을
여름이 왔다

고라

콧등에 입을 맞추면 한 뼘씩 자라는 고양이야 정수리를 꾹꾹
누르며 이제 그만 크면 안 될까 처음에 나는 네게 사랑받을 가능성을
사랑했었는데 이제 네가 너무 커서 사랑 같은 건 될 대로 되라지 에라
모르겠다 하고 내뱉은 다음부터가 마음인 것 같아 고양이야 마음은
선택이야 마음에 들어온 걸 선택하는 거야 내가 선택한 고양이야
꿈에서만 앓는 나를 아는 고양이야 네게만 보이는 미열에 이마를
꽁꽁 부딪는 나를 선택한 고양이야 너무 큰 고양이야 네 꿈을 꿀
때도 내가 있는 쪽으로만 귀를 여는 노란색과 검은색 그리고 흰색
고양이야

＿ 지현아

___최규승×티거×조이

뭐, 닮은 데, 있는, 없는

너는 꼬리한 냄새를 좋아하고 나는 꼬리가 말리는 것을 좋아한다. 너는 시집을 베고 눕는 것을 좋아하고 나는 시집을 컵라면에 덮는 것을 좋아한다. 너는 식빵 속을 좋아하고 나는 식빵 껍질을 좋아한다. 너는 참치 캔 따는 소리를 좋아하고 나는 캔 맥주 따는 소리를 좋아한다. 너는 침을 살짝 흘리고 나는 침을 꿀꺽 삼킨다. 너는 물기를 싫어하고 나는 습기를 싫어한다. 너는 이불 위에서 자는 것을 좋아하고 나는 이불을 덮지 않고 자는 것을 좋아한다. 너는 열린 창문으로 들려오는 새소리를 좋아하고 나는 창밖에 핀 봄꽃을 좋아한다. 너는 방충망 앞까지 달려가 탐조하는 것을 좋아하고 나는 바람에 실려 오는 꽃향기 맡는 것을 좋아한다. 너는 그루밍으로 털을 가지런히 다듬고 나는 옷에 들러붙은 너의 털을 쓸어낸다. 너는 기분이 좋으면 속이 끓고 나는 하던 일이 안 풀리면 속을 끓인다. 너는 손톱을 물어뜯어 날카롭게 만들고 나는 손톱을 깎아 뭉툭하게 만든다. 너는 할퀴고 나는 째려본다. 너는 신발장 안, 옷장 안에 숨는 것을 좋아하고 나는 마감 때면 잠수 타는 것을 좋아한다. 너는 한밤중에 우다다 뛰는 것을 자주 하고 나는 새벽에 우다다 자판 치는 것을 가끔 한다. 가만히 앉아 있을 때에도 흔들흔들 까딱까딱, 네 몸의 끝과 내 몸의 끝, 너와 나는 '발꼬리'는 닮았다.

최규승
사람이 된 고양이와 고양이가 된 사람이 함께 살고 있다. 2000년 《서정시학》을 통해 시를 발표하기 시작했으며, 시집 『속』 『끝』 『처럼처럼』 『무중력 스웨터』, 육필시집 『시간 도둑』 등이 있다.

그루밍 선데이

까슬까슬한 봄 햇살
한낮을 늘이며 하늘 꼭대기에서 밀려온다
넓은 유리창 아래
고양이는 햇살을 등지고
눈을 감고 존다
푹신한 방석 위
히루 를 뒤집어쓴 여자
말려 올라간 티셔츠
여자의 허리를 드러낸다

눈을 감고
고양이와 여자는 제 몸을 핥는다
고양이는 혀로
여자는 손톱으로

왈칵왈칵 일어서려는
쩍쩍 갈라지려는
쭈글쭈글 접히려는

하루
햇살과 혀와 손톱에 쓸렸다
차분하게 가라앉는다

창밖,

벚꽃 잎 흩날린다 벚꽃 잎 날린다 벚꽃 잎 떨어진다 벚꽃 잎 진다
벚꽃 잎 벚꽃 잎 꽃잎 잎 잎 잎 돋는다 잎 움튼다 잎 파랗다 봄날은

간다 날 간다 봄날 핥는다 날 핥는다 혀 베인다 피 닦는다 피 밴다
붉다 생긴다 기다린다 아프다 떨어진다

가을이다

너라는 고양이

1

너는 왜 거기 있니 말할 수 없는 일이라도 있니 (자동차 바닥을
보았어요) 너는 어떤 껍질을 뒤집어쓰고 있니 (아스팔트가 차가웠다
뜨거웠다 해요) 껍질을 벗을지 하나 더 써야 할지 결정해야 하니 (길이
몸에 새겨져요 낮과 밤이 나를 자꾸 덮쳐요) 너인 너와 네 안의 너
또 그 안의 너 중에 하나를 신택해야 하니 (모두 납작해져요 바닥에
붙어서 보는 세상도 납작납작해요) 선택이 어려워 배를 드러내고
누웠니 (아름다움이 영원히 눕는 것처럼 걸음이 붙박인 것처럼 속은
드러나고 깊은 속으로 숨어요)

2

그림으로 그릴 수 있을 만큼 선명한 소리
그 소리를 모두 담은 스키드 마크
거기에 저장된 시간
수풀과 골목길의 하루
이제는 필요 없는 장식들

어제의 빛이 사라지면
눈물과 한숨이 돌아서면
소리를 입고 향기를 찍으며
사뿐사뿐 걸으렴
어디 있는지 몰라도 소리만 울려도
너를 생각하게 해주렴

누가 네게 오월을 물을 수 있겠니
누가 네게 바다를 기억하라 하겠니
누가 네게 발자국을 남기라 하겠니

영원히 깨어 영원히 잠든 너는

귀여워,

말과 함께 길 위에서 뒹굴다
서서히 길이 되어간다

___한연희×랑×령

너무나 다른 너희

그러니까 랑아, 너는 이름대로 라아아앙 울고. 령아, 너는 려여여영
운다는 게 신기해. 어쩜 달라도 이렇게 다를 수 있을까. 사람을 좋아하는
랑이와 무서워하는 령이. 문이 열리면 밖에 나가려는 랑이와 문소리만
들려도 숨기 바쁜 령이. 고등어를 좋아하는 랑이와 그렇지 않은 령이.
도대체 고양이라는 것 외에는 공통점을 찾을 수 없는 너희 둘. 십 년
동안 싸움 한 번 없던 게 오히려 축복이었구나. 그러니 함께 찍은 사진이
별로 없는 건 어쩔 수 없는 거겠지? 달라도 너무 다른 너희들이었으니까.
그래도 서로 그루밍 해주는 모습이나 둘이 끌어안고 자는 모습을
영영 사진에 담을 수 없던 건 아쉬워. 랑이 네가 무지개다리를 건너기
전에 가족사진 하나 정도는 남겨둘걸. 그게 참 슬프네. 그래도 우리 참
행복했어. 그렇지 랑아? 그렇지 령아?

한연희
분명 전생에 나는 고양이였을 것이다. 다시 태어나도 고양이로 태어나고 싶다. 그러나
고양이 털 알레르기가 심해 천식과 비염을 달고 산다. 시집으로 『폭설이었다 그다음은』이
있다.

호랑과 신령

한동안 산에 오르지 않았다
설악산이니 치악산이니 험악한 곳에 도달하려는 용맹함은 이미 푹
꺼져버려서
담요를 둘둘 말아 웅크린 채 멍하게 앉아 있는 나날 중
불현듯 어떤 기억이 떠올랐는데
그것은 우리 뒷산에 살았다던 호랑과 신령의 전설에 관한 것

한 호랑이가 굴속에서만 지내기 답답해 바깥을 나왔대요
어슬렁어슬렁 길을 걷다가 맞닥뜨린 인간을 통째로 삼켜버렸고요
그러나 인간은 죽지 않고 호랑이의 배 속에서 오래 살다가요 늙고
병들어 죽어버린 호랑이의 가죽을 물려받았다네요 새롭게 태어난
김에 인간은 호랑의 이름까지 물려받아 산을 돌보는 일을 했대요
호랑님이라 불린 그녀는 세심하기 그지없어 미치광이버섯에서부터
긴꼬리딱새까지 두루두루 보살피며 산을 지켰다네요
어느 날 산이 거대해져 심부름꾼 하나를 더 만들어야 했대요
그녀는 마을에서 쫓겨났다는 검둥이를 불렀지요 검둥이는 너무
소심한 나머지 꼭꼭 숨어 있기를 좋아해 모습을 잘 드러내지
않았대요 그래도 검둥이는 그녀의 일을 맡아 불을 잠재우고 물을
깨웠어요 그런데 욕심쟁이 인간이 산을 깎으려다 그만 검둥이를
도끼로 내려치는 바람에 검둥이는 쩍 갈라졌대요 곰에 가까웠던
모습은 사라져버리고 세상 처음으로 고양이가 풀쩍 튀어나왔대요
그렇게 수염을 쫑긋거리며 다시 신령으로 태어날 수 있었대요
여튼 호랑님과 신령님은 이 산을 풍요롭게 돌보았고 이후로 산의
이름은 묘악산이라 불리었대요 산의 생김새가 꼭 고양이와 같다고
해서요 산이 고양이처럼 종잡을 수 없기 때문이라나 그렇대요 이 터에
자리 잡은 우리 마을엔 산고양이가 유독 많았는데 영묘한 힘이 있다고
믿었지요 그러니 고양이를 해코지한 자에게는 그에 맞는 천벌이

떨어진다고 해서 마을 주민들은 고양이를 정말 잘 돌보았대요

그러나 산은 불타오르고 산은 깎여지고 산은 없어지고
집들만 잔뜩 들어서더니
고양이들은 쫓겨난 지 오래라고
누가 한 말인지는 기억에 남지 않았다

단지 담요 아래 낮잠을 즐기는 두 마리의 털 뭉치를 쓰다듬으면
갸르릉 갸르릉 울림이 낮게 울리는 천둥소리 같아서
지는 햇빛에 폴폴 흩날리는 털이 이슬비 같아서
창밖에 너울너울 펼쳐진 산등성이로 모여드는 잿빛 구름 꿈을
꾸었다
눈을 뜨면 아직도 둥그렇게 말고 자는 두 개의 목숨을
마구 흔들어 깨웠다

그러자 웬일인지
랑이와 령이 너희 둘은
홀연히 호랑이와 산신령 모습으로 변해버리고는
네가 당장 할 수 있는 일을 하라며
옷을 입히고 신발을 신겼다
어쩐지 다 내가 잘못한 것만 같아
고개를 꾸벅 숙이고 나니
붉게 물든 산이
바로 코앞에 있었다

손톱달

아무리 불러도 대답이 없어. 너는 어디로 사라져버린 걸까. 침대에
누운 작은 짐승이 느릿느릿 기어간다. 이불을 들추니 풀썩 꺼지고
만다. 둥그런 형체가 있던 자리를 만진다. 이것은 누구의 온기일까.
어제는 네가 죽었고 또 그제는 언니가 죽었고 또 내가 아는 사랑이
차례차례 죽어갔다. 어쩌면 우리가 머무르는 행성은 망가진 정거장,
스치듯 만나고 헤어진다는 걸 바보처럼 이제야 깨닫는다. 밤이
밀려오는 걸 본다. 어둠이 곧 눈동자에 스민다. 축축한 공기가 입
안에 스민다. 너와 나 사이 다섯 발자국, 죽음과 우리 사이 열 발자국,
늘어진 커튼 뒤로 가로등 빛이 스미고 점점 옅어지는 널 안는다.
기척도 없이 냄새도 없이 너는 그저 있다. 한없이 가벼운 무게를 견딜
수가 없어 내게서 무언가 떨어져 내린다. 말린 꼬리와 긴 수염 혹은
송곳니, 말랑말랑한 네 개의 발바닥, 연한 갈색 털들이 이루는 풍경,
밤이면 늘 그렇듯 네가 날 부른다. 라아아아앙 네 이름처럼 들리는
소리, 창밖에 뜬 달 아래 희미하게 들린다. 그릉그릉 목이 멘다.
눈꺼풀 위로 고요가 덮인다. 제법 차가운 바람이 방 안에 스민다.
바닥에 놓인 항아리를 열자 새하얀 뼈 부스러기가 빛나고 있다.
손톱달 하나가 곁에 떨어져 뱅그르르 돈다. 안녕, 나의 행성아, 잘
자렴.

__ 한연희

＿＿한정원×갸릉씨

The Apple of My Eye

갸릉씨는 2007년 11월에 태어났어요. 그래서 눈동자가 낙엽색이에요.
납작한 생김새 탓에 화났냐는 말을 듣곤 하지만, 모두 오해예요.
입이 짧아 조금씩 자주 먹고, 먹여주면 더 좋아해요.
요거트와 치즈, 맛살은 꼭 나눠 먹어요.
스무 시간쯤 자요. 종종 코를 골죠. 꿈을 꾸다 깨면 종알거리면서
다가와요. 꿈 얘기를 해주는 것 같아요.
높은 곳으로 뛰어오르지 못해요. 혼자 오를 수 없는 높이까지 안아
데려다주면 고마워해요.
볕과 그늘에 공평하게 머물러요. 큰비와 천둥을 무서워해요.
심장에 병을 지녔어요. 남은 시간이 길지 않대요. 희망보다 각오를 품고
있어요.
매일 창가에 앉아 흔들리는 것을 오래 바라봐요.
장차 흔들리는 것이 될 거거든요. 낙엽, 구름, 새, 눈.
그땐 갸릉씨의 자리에 내가, 한없이 앉아 있을 거예요.

한정원
큰 고양이. 코리안 숏헤어(이지만 털 기르는 중). 글자 속에 잘 숨는다. 산문집 『시와 산책』을
썼다.

10시 10분

내가 자꾸 넘어지는 건
유령 고양이가 발을 걸어 그래

가는 곳마다 새들이 놀라 흩어지고
나 혼자 남겨지는 건
유령 고양이가 번번이 뛰어들어 그래

외투에 보풀이 생기는 것도
몸에 기억나지 않는 생채기가 있는 것도 그래

책상 위에 있던 연필이 떨어지고
주워서 올려두면 또 나가떨어지지
(연필이 유령 고양이에게 나쁜 말을 해서라는 소문이 있어)

무심코 시곗바늘을 봤는데 10시 10분이면
이쁘다 이쁘다 혼잣말을 해
눈을 천천히 감았다 뜨는
나의 유령에게

밤에 누워 있다가 가슴이 묵직해지고
눈물이 솟아도 놀라지 않아
기다리면 지나가
나를 사랑했던 만큼 다 밟고

유령 고양이는 다시 고양이가 되는 거야

나 어디 있게?

난 페소아만큼 이름이 많지만
다 무슨 소용이야
안 돌아볼 건데

기억해둬 이름은 숨숨집이 아니라 이동 장이야
그길 타고 얻는 섯은 약 같은 쑵쑬함
혹은 깔때기 같은 수치뿐
이름에게서 달아나 우다다다(새벽 다섯 시가 적당해)

너무 잘 숨어서 네가 쩔쩔맨다는 걸 알아
한번은 내 이름을 애타게 부르며
옷장과 서랍을 열어젖히다 수저통까지 확인하더라
미안, 그래도 짚고 넘어가자
수저통은 나도 무리야

영영 숨은 적은 없잖아
그런 날이 오기는 하겠지
그땐 상자를 길러봐 작지도 크지도 않은
구멍을 뚫고
우리가 했던 기쁜 놀이를 읽어줘

나 찾고 있지? 하나도 안 보이겠지만
네 목소리 다 듣고 있어
네가 부르는 내 이름 다 듣고 있어

기 있 어
여
나 는

__ 한정원

___황인숙×란아×명랑이×보꼬

눈 오는 날, 삼냥이들

어느 눈 오는 날, 우리 삼냥이들이에요.
특히 란아가 얼마나 예쁜지 사진이 무척 많아서 이루 고를 수 없네요.
옥상에서 마치 저 눈밭에 사슴처럼 뛰놀았던 기억이…….
보꼬는 몇 장 못 찍었는데, 보꼬 성격은 보이네요. 실물보다 예쁘게
나오지 않아서 사진을 고르기가 힘들어요.
명랑이 사진도 얘 성격 보이죠. 결국 나중에 란아와 잠깐 합류했지만,
눈이 내려 쌓여 있으니까 신중하게 살피며 나가지 않지요.

AA 건전지를 갈아 끼우는 장난감 같은 삼성 디지털 카메라로
장난처럼 찍은 사진들이랍니다.
이렇게라도 남으니 용하네요.
어차피 야옹이들은 보지도 못할 사진이라고, 찍어줄 생각도
안 했더랬지요.
이렇게 제가 보네요…….

황인숙
해방촌에서 길고양이들을 돌보며 시를 쓴다. 시집 『새는 하늘을 자유롭게 풀어놓고』
『슬픔이 나를 깨운다』 『우리는 철새처럼 만났다』 『나의 침울한, 소중한 이여』 『자명한
산책』 『리스본行 야간열차』 『못다 한 사랑이 너무 많아서』 『아무 날이나 저녁때』, 산문집
『인숙만필』 『그 골목이 품고 있는 것들』 『해방촌 고양이』 『우다다, 삼냥이』 등이 있다.

털 빗는 노래

어떻게
어떻게
빗어도, 빗어도,
털이 나오니?
우리 보꼬는 마술사니?
보꼬도 지치고 나도 지치고
오늘은 이만 끝!
이게 돈이라면
일 원짜리라도 백만 원은 넘겠네

우리 보꼬는 털 부자
매일 한 뭉치씩 빗겨내도
살랑살랑 털을 뿜어내네
시가 이렇게 나오면 좋겠네

__ 황인숙

란아, 내 고양이였던

나는 네가 어디서 오는지 몰랐지
항상 홀연히
너는 나타났지
주위에 아무도 없는 시간
그 무엇도 누구의 것이 아닌 시간
셋집 옥상 위를 서성이면
내 마음속에서인 듯
달 언저리에서 인 듯
반 토막 작은 울음소리와 함께
네가 나타났지

너는 오직 나를 위해서인 듯 밥을 먹었지
네 밥은 사기그릇에서 방울 소리를 냈지
그리고 너는 물을 조금 핥았지
오직 나를 위해서인 듯
너는 모래상자를 사용했지
너를 붙잡아두고 싶었지만
그럴 수 없었지
너는 작은 토막 울음소리를 내며
순식간 몸을 감췄지
숨바꼭질을 하며 졸음은 쏟아지고
잠은 오지 않았지

그건 동트기 전이었지
우연히 나는 보았지
두 지붕 너머 긴 담장 위로
고단한 밤처럼 네가 걷는 것을

그 담장에는 접근 금지 경고판이 붙어 있지
너는 잠깐 멈춰
내 쪽을 흘깃 보았지
잠깐 비칠거리는 듯도 보였지
너는 너무도 고적해 보였지
오, 그러나 기하학을 구현하는 내 고양이의 몸이여
마저 사뿐히 직선을 긋고
담장이 꺾이는 곳에서
너는 순식간 소실됐지
그 순간 사방에서 매미들이 울어댔지
그 순간 날이 훤해졌지
그 순간 눈물이 솟구쳤지
너는 넘어가버렸지
나를 초대할 수 없는 곳
머나먼 거기서 너는 오는 거지
너는 너무도 고적해 보였지
나는 너무도 고적했지.

『리스본行 야간열차』, 문학과지성사, 2007.

냥냥이 시집

그대 고양이는 다정할게요

1판 1쇄 펴냄 2020년 12월 24일
1판 7쇄 펴냄 2024년 11월 26일

지은이 권민경, 김건영, 김승일, 김잔디, 김하늘, 박시하,
        배수연, 백은선, 신미나, 유진목, 이민하, 이현호,
        조은, 지현아, 최규승, 한연희, 한정원, 황인숙
편집   송승언, 서윤후, 정채영, 이기리
디자인 황효영, 한유미, 정유경

펴낸곳 아침달
펴낸이 손문경
출판등록 제2013-000289호
주소 04029 서울시 마포구 양화로7길 83, 5층
전화 02-3446-5238
팩스 02-3446-5208
전자우편 achimdalbooks@gmail.com
트위터 twitter.com/achimdalbooks
인스타그램 www.instagram.com/achimdal.books
블로그 blog.naver.com/achimdalbooks

ISBN 979-11-89467-21-0 03810

책값은 뒤표지에 있습니다.

아침달